新时代诗库·第二辑

哦，黄河

牛庆国 著

中国言实出版社

图书在版编目(CIP)数据

哦，黄河 / 牛庆国著 . -- 北京 : 中国言实出版社 , 2023.12

ISBN 978-7-5171-4700-8

Ⅰ . ①哦… Ⅱ . ①牛… Ⅲ . ①诗集 - 中国 - 当代 Ⅳ . ①I227

中国国家版本馆 CIP 数据核字（2023）第 244025 号

哦，黄河

责任编辑：郭江妮
责任校对：邱　耿

出版发行：中国言实出版社

地　址：北京市朝阳区北苑路180号加利大厦5号楼105室
邮　编：100101
编辑部：北京市海淀区花园路6号院B座6层
邮　编：100088
电　话：010-64924853（总编室）　010-64924716（发行部）
网　址：www.zgyscbs.cn　电子邮箱：zgyscbs@263.net

经　销：新华书店
印　刷：北京温林源印刷有限公司
版　次：2024年1月第1版　2024年1月第1次印刷
规　格：880毫米×1230毫米　1/32　6.125印张
字　数：202千字

定　价：58.00元
书　号：ISBN 978-7-5171-4700-8

《新时代诗库》编委会

新时代诗库

牛庆国，中国作家协会会员、甘肃省作家协会副主席、甘肃省人民政府文史馆研究员。主要作品有《热爱的方式》《字纸》《我把你的名字写在诗里》《北斗星下》《持灯者》《祖河传》《哦，黄河》等。曾多次获甘肃省敦煌文艺奖等奖项，作品入选《大学语文》《新华文摘》等多种选本，部分作品被译介到国外。

Niu Qingguo, is a member of China Writers Association, Vice President of Gansu Writers Association, and the researcher of Gansu People's Governmental Research Institute of Culture and History. Some of his main works include "The Type of Enthusiasm", "Word Paper", "I Wrote Your Name into Poems", "Under the Triones", "The Lamb Holder", "River Biography", "Oh, Yellow River". He has won many "Gansu Dunhuang Art Award". Many of his collections were included in "University Literature", "Xinhua Abstract", etc. Some of his works were also translated into many other languages.

目　录

CONTENTS

第一辑　黄河故事

第二辑　黄河册页

第三辑　黄河行走

第四辑　上游的村庄

第一辑

黄河故事

听河

听说一条河将要流过我们这里
好多人就去半路上等
其中包括我的父亲和二哥
但他们回来说，还要再等等
河已经在路上
只需要再翻越几座山头
等待的过程，我听见每一条路上
都有河流的声音

写河

我要写一条河
一条由我命名的河
在山峦起伏的村庄
当人们说起水
是一件平常的事
但我只写河水
和河水拐过的弯
为了保证河水的清澈
所有与水无关的杂质
我都不往河里写

看，黄河

指着地图，我给小时候的女儿说
看这条蓝色的线
弯弯曲曲，从这里到这里
再到这里
这就是黄河

过了好多天了
女儿却忽然指着我的胳膊说
看，黄河
我看见那里也有一条蓝色的线
也弯弯曲曲

吮

我看见羊羔跪乳
眼含热泪

我感到生命对生命的灌溉
庄严，神圣

除了河流，天地间
没有永久的声音

除了爱，这个世界
没有别的意义

母亲河

一条河流遍我身体里的每一寸土地
给我足够的水分

河记着母亲的嘱托
要好好爱护她的孩子

热血沸腾，心潮起伏
都说的是这条河

每一个想法，都经过河的淘洗
每一件事，都经过河的允许

好大好大的水

看一眼黄河，是他几十年的渴望
在缺水的陇上
他老听到黄河的水声，像老牛的鼻息
一直引领着他，温暖地
走在荞花地埂上

到达遥远的黄河，是那年夏天
黄河泥沙俱下
流经兰州郊外的一段河滩
一个爱写诗的农民，手抚草帽
一句话也说不出来

那真是好大好大的水啊

在兰州

只是一条河，从两山之间流过
湍急，清冽
河面宽阔
每一个季节都那么漫长

那时筑城的人还没有来
羊皮还没有做成太平鼓
树还没有做成桥梁
钢铁，还没有运到

当我又一次来到河边
两座山就在河面上握手
直到河边落满彩灯
仿佛群鸟
我不知道黄河怎么看我

大河之城

顶着大风，在河滩上拣石头
看见石头上的汉字、人影、龙的形状

冒着大雪，把一瓶酒倒在河里
就抱一只空酒瓶回家

每次从铁桥上走过
都像是走过一道彩虹

有时看见自己的影子
像一丛芦苇

想起划着羊皮筏子，去对岸看一个人
脸膛就红如夕阳

当大河结冰，一座城就搬到了河上
你把今夜的万家灯火，都看成是渔火

听见黄河

黄河的水到底有多深，我不知道
住在白银路，只听见城市的喧嚣
和公交车报站的声音
夜深人静，才感觉黄河还在流着
而且穿城而过
后来搬到了自由路
经常有火车的轰鸣把我从午夜惊醒
呼吸波浪起伏
随后的梦也波浪起伏
再搬了房子之后
附近校园里白天飘扬的旗帜
就不断传来河流的声响
有时我会想想，我为什么来到这里
杏儿岔离黄河有多少路程

去河边走走

你说，去河边走走吧
我们就去了河边

河水哗啦啦地流着
我们先是逆流走

河水还在哗啦啦地流着
我们后来就顺流走

还走吗
我们接着走

这些年
我们经常去河边走走

独坐

想河高于大海，山高于河

想树高于小草，云高于树

想屋顶高于头颅，天高于屋顶

想诗歌高于炊烟，苍茫高于一切

一个人独坐岸边

下巴上长出父亲的胡子

头上飘着母亲的白发

石头

流水碰到石头上
像一个人被碰疼了脚趾
哗地跳一下
绕过去走了
前边的流走了
后边的接着流
我感到石头
有时像一个人在风中
攥在背后的拳头

岸边对话

一个人坐在一块石头上
另一个人坐在另一块石头上
中间的位置留给波浪

一个人看着河面
说爱一个人多么不容易

另一个人也看着河面
说恨一个人也不容易

之后，两个人都不再说话
涛声拍了拍这个
又拍了拍另一个

礁石上

高原上温差大
你们是知道的
河边的冷
正一点点加剧
可你们为什么不回家呢
坐在一块礁石上
背靠着背
扬着头
从夕阳下流向月光的大河
以为你们是雕塑

画黄河的人

画黄河就到黄河边上去画
画水就用黄河水
至于水里是否要带上泥沙
由季节决定
但运笔要快
要跟上河流的速度
如果河面上正积着乌云
就画下闪电
如果正遇雪天
就画下岸边的脚印
涛声，不用画
耳朵贴在纸的背面就能听到
当然岸是要画的
就用红层地貌的颜料
据说那些颜色都是金属
但倒影在河里
却都是流水

朝日，夕阳，或者月光

都可以画成波浪

然后把画提在胸前

一条河，就和一个人的呼吸

一同起伏

黄河故事

那年，一辆拉煤的卡车
从黄河铁桥上经过
有一个男孩
看见河里燃烧着炭火

那年，有一个女孩
在黄河边站了好久
然后坐着羊皮筏子走了
从此再没有回来

那年，那个男孩来到河边
拿一块石头占卜
他得到了什么启示
只有黄河知道

那年，那个男孩又一次来到河边
他把一件件往事从头说起
一条河就被感动了

回忆：夜声

1978 年的一个秋夜
煤还没有变成温暖
就像那个坐在煤车上的人
夹紧了双肩
还没有把自己变成诗人
这是在黄河边的一座县城
远处的几盏路灯
发出长久的电焊的声音
像一块煤燃烧前的嘶鸣
或者一辆卡车永不停息地奔跑
没有谁给这声音任何意义
但多年后，那声音
却一直在一个人的夜里响起

过河

那时，妻伏在我的背上
修长的胳膊，抱着我的脖子
仿佛抱着她的春天

河里的冰碴
在我的膝盖处轻轻一碰
就远远流去

我没有说出此刻的冷
甚至一声不吭
我怕春天的瘦腿哆嗦个不停

涉过河心的旋涡时
我感到目眩
但抬头往前看就好些了

记得在对岸的一块石头上

妻捧着我的双脚

轻轻地搓着

直到把温暖从我的身体里搓了出来

冬日在河沟里牧羊

披上知寒知暖的羊皮袄
你就是一只头羊了
沿着河的方向
去追踪草的足迹

决堤的寒流
一次次汹涌而至
零度以下的河沟里
你不知道经天的太阳
现在到了什么位置

羊的歌声七零八落
你的心里一片荒凉
冷不丁吼了一声
风雪就忽然安静了下来

黄河上空的鹰

一个人在河边徘徊
傍晚在徘徊
河也在徘徊

一只鹰在河上空盘旋
暮色在盘旋
群山也在盘旋

人看了一会儿鹰
不知它今夜飞往何处
但鹰还在盘旋

鹰看见了那个人
不知他今夜去哪盏灯下
但人还在徘徊

据说今夜有暴风雨

鹰还在天上吗

灯光下，他为一只鹰担心

跑步者

他已疲惫，但还在跑
仿佛有一根绳子在前面牵着
在一支奔跑的队伍后面
落叶跟着他的脚步
周围的空气里，有翅膀的声音
有鱼吹出的气泡
像一根费力的秒钟
在这傍晚的河边
身后的黑暗，正如巨大的降落伞
徐徐落下

祖河传

1

我加入他们的时候
他们只有几个人
每个人走的路程不一样
但他们那时走在一起

那天，黄风蔽日，诸神奔走
在山坳里的土地庙前
他们找到了一条河的源头
他们的欢呼和野兽的悲鸣
交集在一起

那天，母亲躺在干净的黄土上
我听见她的血，渗入黄土的声音
像一家人在悄声议论着什么
她微笑着

但满脸都是泪水

那天，天地没有任何预兆
我无法知道自己的前途
母亲只将一把将熟未熟的扁豆
揣在我的怀里
我就跟在了他们后面
但我忘记了那是哪年哪月的哪一天

2

我们的队伍里有一个童养媳
有一个富家小姐
还有一个被剪过辫子的男人
和一个曾经走南闯北的脚户
那时，一条河的声音
就是我们的喘息
我们一直沿着河走
像一群雨前奔走的蚂蚁

我们遭遇了烈日、暴雨、风雪
也遇上了巫师、鬼魅、神灵
有的坎，过了几次，才算过去
有的路，走了好长时间，才走过去
我们比时间走得更慢

3

五月的一个深夜
我们中间最老的老头死了
他腰里系着冰草绳的黑色背影
像一棵大风中的老杏树
在我们的心里摇晃了多年

他知道这支队伍的来路
他告诉我，他的太爷爷背上留着一条刀伤
他的爷爷胳膊上有绳子绑过的血痂
他的父亲腿上有一块土匪烙的疤痕
他接着他父亲的路走
脚指甲都破成了碎片

他说到了皇上、州府、县衙
说到了日食和月食、大旱和地震
以及时疫
说到了打仗和改朝换代以及逃荒的乞丐
也说到了一棵大槐树的秋叶飘零

当我们把他埋在土里的时候
就埋掉了一本用繁体字书写的家谱

本应该在他的坟前立一块碑
刻上他走过的路程
可我们手里没有一块木板
也没有一块石头
甚至没有放上一束野花
好在后来有那么多的花开在他的周围
土地替我们做了我们该做的事情

一个见证了绿色的饥饿、白色的寒冷
和黑色的疼痛
以及出生的平淡和死亡的麻木的老人
他说他是一个受苦人
我不知道他到底活了多少岁

4

有时我们并不看河
但知道河里流着晚霞
或者乌云
我们常常忘记一条河的本色

有人被石头绊倒时
河并没有停下来等等
是一个女人，掬起河水
这才看清有人长了一张树叶的脸

跟在苦苦菜和苜蓿的身后
背着粮食的秸秆和蒿草
倒影在河水中的我们
衣衫褴褛，形销骨立

有一天，我看见河面上倒映着旗帜
原来我们一路上听到的
都是风扯大旗的声音

我们中间一个前去探路的人
一走就再没有回来
据说他给一支扛枪的队伍去扛旗
风大时，他小小的身体
被一面旗带着飞了起来
他落脚的地方，后来被我们路过

5

趴在河边，拨开漂浮的柴草
我喝了一口河水
一条河，就在我的身体里
羊群一样哀叫
仿佛有鞭子在驱赶着它们

但我们每个人的口袋里
都装着一张护身符

6

河水忽然汹涌起来时
大地忍不住呻吟
那时，河面上漂着一个白色的女人
仿佛她率领着浑浊的河流
要去干一件复仇的事情
但我们只关心河里有我们所需要的东西
却无法把它们捞出来
我们没有一个人会凫水

后来，有人弯下腰去
拣起脚下的一个泥疙瘩
里面竟是一个拳头大的金蛤蟆
我们的口就张得比蛤蟆还大
午夜时分，我们做了一个共同的梦
太阳升起时，我们把那只金蛤蟆
放回了水里
但我们谁都没有把这个梦说出口

7

为了走更长的路，我们让忧伤的唢呐

吹出欢乐
我们迎娶了一个个赤脚行走的女人

她们健硕的乳房，像提着两桶米汤
从她们怀里放到地上的孩子
蹒跚几步就可以奔跑
她们被风吹起的长发
就是黑色的炊烟

虽然又走丢了一位老人
但接着又迎来了几个孩子的出生
十几人之众
已有浩荡之势
那时，我们的脚步声
比河流的声音铿锵

8

风雪中，躲进一间草屋
我们把随身携带的字纸烧掉
短暂的温暖中，纸都成灰了
但字还闪着红光
我听见，封冻前的河流
把这些字读出了声来
从此，我就相信

字要比火活得长久
从此，我们想念走丢了的亲人时
就把想念写在纸上
然后烧掉
并对那些文字磕上几个头
我们想对神说话时
也是这样

9

白天，一抹蓝天和一片黄土
晚上，一天星星和一片黑暗
黑了明了，阴了晴了
天、地、人、神
一路同行

我们带着社火，带着秦腔
也带着纸剪的神像

乌鸦和喜鹊交替出现
阳间的我们
有时，却走在阴间

走过一座座村庄
仿佛走过一个个朝代

驮着圣旨的马匹飞驰而过
一次次把蓬头垢面的我们
抛在身后

我们只与一条河流
血脉相通

10

在河流拐弯的地方
有人领着自己的女人和孩子
从我们的队伍里走了出去
背着锅，端着碗
跟着他们头顶的一朵云
越走越远

不断有孩子出生的队伍
不断有人离开
我们把这样的事叫做树大分枝

当然，我们多次争吵，也打过架
只是打断了骨头还连着筋

大风起时，会听到他们的消息
朝东的，遇见了旭日

朝南的，看见了大海
朝着别的方向的
后来多次改变过路线

11

几支队伍聚到一起的时候
是又一个人走不动了
他是我们的头人

这些只记得农历
从一个节气赶往另一个节气的人们
齐刷刷跪倒在北方的寒流中

那时，头人就躺在河边的一间屋子里
仿佛他只是在门口跺了跺脚
跺掉了脚上的血和泥土
就走到桌子上的相框里去了

那时，大雪埋住了河流
太阳，回到了河的源头

想起他轰轰烈烈的一生
为我们出生入死
最艰难的时候，只有两个人

却为我们守住了道路
我们就用集体仰天大哭的方式
把他留在了一个叫做故乡的地方

从此，那里就成了我们心中的庙宇
在一些特殊的日子里
我们就会朝着他的方向
跪下

12

我开始走在队伍的前头
每走过一段难走的路
就在河边放上一疙瘩土
双手合十，默默地说些什么

我们遇见的陌生人
都说我们走过的路上五谷丰登
他们要回去收获庄稼
但我们用脚步盖上印章的土地
大风却吹没了足迹

13

疲惫不堪的日子
我曾回到母亲住过的屋子
亲人们打着灯笼

向着漆黑的旷野和无声的河流
一遍遍喊我的名字
那时，我羞愧难当
那几年，我把魂丢在了路上

14

秋风乍起，吹向我们身后
沿着河走，我们就是先驱

再绕过一个弯，河面就变得宽阔
又有一条支流加入进来

一路上，是河引领着我们前行
现在，我们要把河带向远方
我听见河水，答应了我们

15

布谷告诉前面的村庄，说我们带着河就要来了
风告诉前面的草场，说我们带着河就要来了
云告诉前面的城市，说我们带着河就要来了
梦告诉前面的道路，说我们带着河就要来了
是的，我们带着河就要来了
但我们只是路过

第二辑

黄河册页

河边的波斯菊

高原之上
天低云疾
只有风
如此吹着
河边的波斯菊
才瑟瑟如水
再看，草和树
也是如此
再看
经过那里的一个人
也是如此

黄河上的老月亮

老看见雪在飞舞
老看见花在摇曳
自己在河里跌跌撞撞

老看见有人把心放在河里
然后在岸边默默垂钓
每一个人都似曾相识

老看见山在河里长出根须
草在河里飞翔
风，扑向岸边的灯火

老是被沿河的唢呐吹出裂痕
老是在幸福中忽然想到悲伤

或许幸福就是用来挥霍的
而痛苦才需要珍视

当群星列队，仪仗浩荡

你要为黄河鸣锣开道

大河上的北斗星

点七盏河灯
放七只白鸟
舀七碗河水
挖七口水井
数七个陶罐
画七条波浪
画七条鱼
画七只蛙
喊七个部落的首领出来
摆七块石头
说七句祝福的话
发七个誓
献出七把剑
当风吹亮七只脚印
七尊佛陀拈花微笑
七只小船出发

冬天的羊皮筏子

如果你还把自己当羊看
你就要相信，你不是被河水泡大的
而是喝西北风喝大的
你的羊毛不是被河水冲掉的
而是被西北风刮走的
你看，冬天的风里，全是你的羊毛
你如果感到冷，就都收下吧
薄一点，厚一点，都行
如果能做成一件羊皮袄
正着穿，反着穿，都一样
此刻，有人正踏雪寻梅，有人正披雪取暖
也有人在河边放烟花
想让雪花五彩缤纷
还有人在风雪中练剑
想劈开水面，找到沙里藏着的金子
这些都与你无关
羊啊，你就听我的吧

草地诗篇

从石头上升起的白云
往上，是鹰筑巢的地方
往下，是一条河流远去的方向

青稞还没有成熟
有人正在修建房子
我从寨子里经过，没有人察觉

一个人在草原上走得久了
就会有一棵树跟了过来
给你打着伞

那天，白云高大，势如雪崩
所有的草都奔跑起来
但雪山依然安静

忽然的一场雨中

草地上跑过几个红衣僧人
寺院是他们避雨的地方

想起跑在时间前面的那个人
他能否丢下沉重
追赶上惊喜呢

夜真好，在传说中有人相爱的地方
燃起舞蹈的篝火
靠近是温暖，离开是光亮

在山高水长的甘南
每遇见一条河，我都要问问名字
问它是黄河，还是白龙江

河州道中

草枯时节
羊群，有着枯草的颜色
但几头黄牛
依然有着秋天的斑斓

雪还没有来
山坡上几片碧绿的冬麦
是一本书里的插页

经过胭脂湖、草长沟
竹子沟、白桦林、松鸣岩
还经过八松乡、鸣鹿乡
我就看见白石山
仿佛冬天高大的屋顶

当一只苍鹭
从薄雾中的河口起飞

一整条河里

就全都是翅膀的声音

水电站

我看见的电流
正通过高山峡谷
那个在大坝上坐着的人
是在给自己充电吗
其实，他也是一座水电站
他应该是知道的

河边的鸟巢

是一个漩涡
在河边的高树上
像灯塔
我懂得它的光芒

有时候，一个人久久地站在树下
若有所思
他老望着鸟巢在想什么呢

眺望

河走着万里路
树读着万卷书

河是否有过留恋
树是否有过思念

我每次眺望那里
只感觉天空，时高时低

黄河湿地

从月亮上吹来的风
一直吹到了我们脸上
并把一件件往事
吹成一朵朵浮萍
只是浮萍想起来的
我还没想起来
一阵阵喧哗
不知是水流向了月光
还是月光流向了水

黄河古镇

请保持呼吸均匀，目光平和
过一会儿，石头就会长出绿苔

刚刚飘过的那团白雾不用解释
曾经跑过的马蹄也不用解释
我不知道一条河里装着多少绿

忽然，树丛里飞出一只白鹭
像往事中的一个细节

黄河石林

渡河而来的石匠好手艺
梦见什么就雕什么
风吹走碎石，雨浇凉凿
大雪中，举起水葫芦
倒出黄河的冰渣
他要把自己也雕在这里
看护石头的家园
那天峡口上进来一辆驴车
给他送来一朵云

黄河拐弯处

白云深处
一座星星筑的城市

月光可以打制银器
雪也可以
黄河的浪也可以

当风吹走一个人身体里的
最后一粒沙子
……

那么远了
还听见叮叮当当的声音
在修正我的记忆

遇见瓷窑

宋代的阳光碎了一地
元、明、清的阳光也依次碎了

火犯的错误、是烧出了人的想象之外
而人的错误、是一次次抛弃

我忽然喜欢上了其中的一片废瓷
就像一句与众不同的诗

那天从我脚下哗啦啦跑开的瓷片
后来我在黄河边又看见了它们

河口的秋

杯盏高举，火把前行
落叶的道路上，马蹄
不留痕迹

该应验的都已应验
秋风已抖开巨大的包袱

旷野
亮着慈祥的光

河用流水表达安静
芦苇用起伏表达辽阔

树站在河口，叮嘱每一个路人
要加好衣服

我是一个粗心大意的人

需要秋天反复提醒

想起我曾望过的南山
今年的麦子，也应该收了

峡口上

一块石头，在成为一座寺前
需要想象

木鱼声和梦里的马蹄声
是否都来自云端

在峡口上听风
风说这就是峡口

穿过峡口的一条河流
只说着石头的故事

河滩上的苹果树

这么多人，在河滩上站着
这么好的阳光下
还穿着一身的绿蓑衣
走近了，有人就从怀里
给你掏出一只苹果
他们是那些没说几句话
就给你掏心窝子的人
看一个羞涩的苹果
把左脸交给阳光，左脸就红了
再把右脸交给阳光，右脸也红了
苹果红了的季节
黄河两岸，张灯结彩

夜色中的黄河

穿过黑夜的灯油
一条河，就是一根灯捻

河水
是所有事物的光芒

踩稳每一块石头
小心每一处坎坷
即使黑夜连着黑夜
河也不会走错路

小点声吧
夜里最细微的声音
听起来都浩大

不管是浑浊，还是清澈
每一个黎明
都被大河唤醒

大河之碑

有些草木，有些风
当然主要是面前的河
这就足够一块碑
沉思默想
一只麻雀在碑上面站了站
就飞走了
或许再站一会儿
就会成为碑额上的雕饰
文字还清晰
说黄河曾在这里决口
有多少人堵过河
后来，就有了这块碑
碑是给人看的
也是给黄河看的
我细读过碑文
没有漏掉任何一个标点

读岸

只有踮着脚
或者跳起来
才能在岸上留下刻痕
一道道波浪线
是皱纹
也是编年史

背着历史奔跑的黄河
也背着凿子、铁锤、锯子
有时候，它会回过身来
把有些线条，再加深一次

黄河片断

每次遇见黄河
风都把我吹出哗啦啦的水声
风以为我就是河的源头

我看见的羊皮筏子
像是黄河的喉结
黄河把有些话咽在了心里

一群群的小鱼
模仿着摇曳的麦穗
黄河是一辆运送麦子的马车吗

带走吧，留下吧
有些事
黄河曾犹豫了好久

那天的落日

仿佛一个忽然的想法
掉进黄河上游
有着一锤定音的效果

长发猎猎
是一个人，也是一群人
逆流而上的星辰
想给一条河流重新命名

有时，黄河会低着头
从我面前缓缓走过
他也有疲惫的时候
但我无法抚平他额头的皱纹

迷途，决口
千回百转
一条河，只想走自己的路
却这么难

对着黄河大喊几声我爱你
但那时我并不懂黄河
有些承诺，像小小的石头
打了水漂

当一个人混同于草木
岸边随风起伏的
就都学着流水远去的模样

大雾起时
走在岸边的每一个人
都是神仙

大雪落黄河
每一把雪
都能攥成一块昆仑玉

观察黄河的几种方式

一场风雪，被赶到河床上
满身尘土了
还在奔腾

大地喷发的岩浆
带着血，带着泪，带着火
它要找到大海才能熄灭

流动的沙漠，流动的土地
流动的森林和草场
流动的梦和光

雷声里奔跑的屋顶
炊烟和白发搅在一起
石头也学会了鱼跃

不断修改的故事和传说

一路行进的马帮
带着盐和茶叶

是一条绳子
系住大地的衣襟
怀里揣着鹰和灯火

风卷乌云，晚霞跌入山谷
鸟兽在闪电中欢腾
人，站成岸

黄河册页

风从云中吹出哈达
黄河
献给劳苦功高的大地

岸边
一位披着黑斗篷的诗人
他是牦牛的兄弟

有人用一块巨石
把黄河雕成母亲的形象
我也给石头鞠过躬

那年冬天
一位诗人送我一件滩羊皮袄
我就把一只滩羊的温暖背回了家

记得草原上的一匹神马

马蹄生风，马身上溅着浪花
在它的呼吸里，我听见了涛声

我听过《黄河大合唱》
万物伴奏，老幼参与
指挥，站在高岗之上

那是丰收的新麦子啊
在奔向粮仓的路上
欢呼雷动

曾经的巨石，都被大水淹没
过去的群星，依然在大河里穿行
飞奔的高铁，带着一车的音乐和灯火

黄河入海
就是给海注入土地的思想
波浪，翻着一本大书

黄河谣

有人打问河的源头
有人寻找河的出路
有人去大海边等候

习惯于逐水草而居的人
追上河的那天
就被河留在了那里

人往高处走，水往低处流
但有人在冬天往高处背冰
把一条河背到了山上

有人告诉我
雪山下有一块石头
它就是万河之源

曾有个名字叫禹的人

给河当过向导
被河一直记着

几条鱼抱走一只陶罐
鱼想在陶罐上的波纹之间
再画上几朵浪花

装满河水的青铜鼎
里面游着阴阳鱼
一条是白天，一条是夜

那个说逝者如斯夫的人
一句话就是一个漩涡
他是河床上的一个坎

当石头在河里沉思的时候
水就在石头上刻下纹路
有些是鱼尾纹

一条河的浑浊
并不全因为泥沙
有时是因为疼痛

一条从针眼里流出的河

一条从马的缰绳里流出的河
一条从姑娘的红头绳里流出的河

从书里流出来的那条河
带着文字的水草
落水的人在里面挣扎

当一个人波浪缠身
露出水面的那颗头颅
就是一条小船

诗曰，长河落日圆
那圆圆的落日
其实是悬在长河上的一口钟

落日看见
每个人的头顶上
都有一个漩涡

不管是酝酿已久，还是突发奇想
河流另辟蹊径
都是土地上的一件大事

我们多么爱一条河啊

但有时候也多么恨
河是知道的

河把人呛出眼泪时
人才明白
河在给人提醒什么

当一个人在河边感到晕眩
河就伸出一条胳膊
把他从腰里揽住

想起这么多年
喝过那么多河水
忽然觉得自己就是大海

当一个人把自己当成一块礁石
就只想遇见更多的浪花
和亲人的脚步

好多事
好多人
河只是一笑而过

每一个朝代

都有各自河流的声音

听不懂的，不配做泥沙

第三辑

黄河行走

写给巴颜喀拉山

风雪每年都来看我
看我还能否扛得起整个冬天

黄河一直陪着我
好多路，我们都一起走过

我让夕阳带去问候
问雪山和草场、鹰和牛羊
以及那个放牧的姑娘
可都安好

那年你送给我的一捧白雪
今年在头上更白了
我把它当银子看，夜里是灯光

说好了，我还要再去看你
虽然高山缺氧，但我需要的
你一定会给我留着

三江源

溪流盘根错节
傍晚的三江源，每一处水洼
都是一团篝火
一个人
就是河流绕过的一块石头

想象地球上的三棵大树
都有着蔚蓝的树冠
最细的那根枝条上
挂着我的故乡

当群星如众鸟归巢
隐约有炊烟升起

青海的十三粒盐

1

统领苍茫的
是一颗巨大的驼铃
叮当
叮当
骆驼的瘦骨里透出盐的微光

2

天空布满沾着盐渍的翅膀
谁若需要，就给谁插上
不管是高僧大德、公主、将军
还是驼工、卡车司机
或者一匹狼

3

左昆仑、右祁连

举着皑皑白雪，到青海换盐
在牛羊驮不动
骆驼也驮不动的盐湖边
一头白发只能顶一碗青盐

4

此刻，我像不像一粒被风吹脏了的盐呢
阳光下睁不开眼睛，是因为惭愧
但一遍遍检讨自己的过错
心里的那一点苦和咸
现在还不能叫盐

5

看，有人在看我们
当一颗星星
发现盐湖边的秘密
一个诗人已学会了占星术
明天，晴

6

再看一会儿
天空就用大地教给的方法
结晶出大把大把的盐
一转身，我听见

骆驼们嚼着盐粒的声音

7

没有谁能收藏风
但风一直在那里吹着
忽然吹亮一堆篝火
有人往火堆里撒一把盐
每一颗星星就都会成为节日的爆竹

8

吹吧，让风再吹一阵
我相信疏松的骨质
就会慢慢坚硬起来
甚至有一些裂痕
也会慢慢弥合

9

在盐湖里泡上一夜
待盐水沸腾时
再捞出来
我们看见的每一轮朝日
就都是红色的盐雕了

10

这里的树都叶小枝细
但每一棵都挺拔
如果摘一片树叶回去
口渴时
就可以泡一碗盐水喝

11

忽然想起一个人来
多年背着一片盐碱地
他的身体里有一面盐湖吗
如今，那里已是一片草地
冬天，遍地盐花

12

我相信，高于故乡的
就是高于尘世
比如在青海
一个生活的矮子
忽然像个世外高人

13

又见黄河

看见那么多人在河里游泳
仰泳、侧泳、蛙泳
一直向着河的尽头
他们是些运送盐的人

甘南诗草

1

谁在照看这无边的小草
谁在照看这星散的牛羊
谁在照看这草色护围的寺院
谁在照看那些磕长头的人
风吹动经幡
雨打湿金顶
云一直在头顶上奔跑
而牛羊如此安静
一个行色匆匆的旅人
那天在黄河边放慢了脚步

2

风来雨去的草原
牛羊走来走去的草原
不管什么落在草原上

草都从来不会躲避
草知道自己是草
一生只干一件叫做绿的事情
草还是我的好兄弟
如果我在草地上躺得久了
草就会把我扶起来

3

似乎是第一次发现天空这么平坦
即使有云
而且那么低
如此接近人间
和从人间流过的黄河
如果不是那头牦牛的雕塑
那么高大
天空就会成为无边的广场
或者草原
歌声已经响起来了
只有那些不会跳锅庄舞的人
才会在这里有高原反应

4

低着头时天就低
抬起头时天就高

牦牛的犄角上挂着云彩

黑色的披风里
一定燃着篝火
格桑花围着它跳起了锅庄舞

我在那里站了站就离开了
但牦牛一直都在那里

5

阳光够多了
就下一场雨
草就是这么绿的
花就是这么开的
美仁草原的一匹马
甩了甩头上的雨水
继续低头吃草
吃草是它的工作
而另一头
在雨中发呆

6

往草原深处走
一条雪水河，就在风中飘荡

那么多白石头
是开在河里的花朵
一群牦牛，被风吹着
涉过河去
但接近雪线时
却折了回来

7

又是细雨，长出这么多花伞
俄合拉村的文化广场上
正演着藏戏
我听不懂藏语
却看懂了故事
前面的央金在戏中
身边的扎西也在戏中
当戏中的公主看了我一眼
我就赶紧低下头来
胸前的哈达已经被雨打湿

8

池沟村清晨的鸟鸣
确信我已经醒来
才开始热闹

河边的石头
有的长出了老年斑
有的把苔藓长成了花团

群山之间
除了时间，还是时间
走着走着就想歌唱

9

青稞即将抽穗
从寨子里出来一位藏族妇女
跟着她的小男孩那么快乐
她指给我看博拉村山顶的插箭
和山坡上的桦树林
还有我不认识的花朵
她说，村前的那条河叫德乌鲁河
从祖先一直流到了现在

10

时光寂静，细浪重复
山坡上有抖动的经幡
我也在抖动
第一次来时这样
第二次来时还是这样

据说如果下次再来
就能看到冶力关的天池结冰
看到传说中的百花盛开
和冰中长出的麦穗

11

从炊烟下流过来的冶木河
是另一缕炊烟
河水里有锅碗瓢盆的声音

我倒映在河里的影子
细看，像一把勺子

从河边拣起一块石头
我闻到草甸的气息

12

去迭山的路上，一朵杜鹃花
忽然哎哟了一声
我被淹没在白云中的苔藓
滑了一个趔趄
白云走过的地方
草色又深了一层
神仙生活的地方

人还住得惯否

13

大中午的
影子都回到了根里
声音都回到了溪流
只感觉紫外线像毛毛细雨
一直在下
不抬头，只顾走路的那人
他要把一朵白云
背出草地

若尔盖的星空

在若尔盖
可以给每一颗星辰重新命名
他们从很远的地方走到我们的头顶
有着各自的籍贯和出生地
他们的光芒，有着神圣的力量
听说他们曾陷入沼泽
之后又是怎么回到天上的呢
我听见了他们的呼啸
那是无数的灯盏飞向天空深处
背影如草地上的花朵

过临洮

天上，北斗七星高
地上的七个窑口
正在烧陶

春天，长城两边的庄稼
是绿色的火焰
冬天的风雪是另一种火

烽火台是一个陶罐
土堡也是一个

从青海过来的洮河
把几条波浪留在陶罐上
而陶瓶里插着的一朵桃花
来自传说

我在马家窑捡到一块陶片

但又放在了那里

我担心有人来找

有一个陶罐会留下豁口

大河家

背着柴火的藏族妇女
坐着羊皮筏子过来
又背着夕阳过去
她看见河里除了蓝天的倒影
就是蘑菇一样的石头

远道而来的僧人
双手合十
恍惚间，把河心的一个漩涡
看成了莲花座
那些小小的波纹
是否来自他的唇间

我来时，有人正提着红灯笼
在查看水情
乱石中，几棵白冰草
告诉他水的流速

和温度

岸上红岩的火红
是否温暖过那个大隋的皇帝
和他瑟瑟发抖的妃子

在这里，我所有的想象
只有一个方向
台地上的玉米秸秆
在风中欢呼着又一场胜利

黄河遗址

1

烧陶的烧陶
磨玉的磨玉
铸刀的铸刀
只为完成一个遗址

惊喜
可以临摹
只是为什么要用那么厚的铜锈
作为刀鞘

一条以黄土为底色的河流
蜿蜒了再蜿蜒
走了那么久
还在朝这边张望

2

原来文化是分层的
可以被掩埋
可以被挖掘
有些需要保存
有些需要生锈
最深的那层叫做化石

3

从这里长出来的每一种植物
都有所提示
比如一朵蒲公英对着蓝天的摇曳
比如一片冰草的剑拔弩张
而在这里弯腰锄地的那个人
偶尔会拣起锄头下的一块陶片
扔到地边上的草丛里
他身后的一行白杨树
正举着各自的鸟巢
像举着陶器
走在去博物馆的路上

大夏河边的花事

感谢春风的指引，那些迷路的花们
终于自己找了回来
大夏河边的花事，感天动地

那第一朵开口说话的
多年前我就认识
这是一片土地和我之间的秘密

我见证了那么多蜜蜂
在河边的奔忙
它们是在替花朵们
搬运一部浩大的诗集

能分一些花粉给我吗
我只需要那么一点点就够了
就像蜜蜂带走的那么多
这是我第一次向一朵花请求

我听见花朵们的欢声笑语
来自一座巨大的幼儿园

渭河源

有人找到河的源头，看见蕨菜
河找到他们的故乡，烟雨出没

有人站在高高的鸟鼠山
望见河的背影
像一片巨大的甲骨

有人为了等一条河回家
一直在河边上劳作
准备了足够的粮食和蔬菜

祖厉河

源头上放着一把马勺
马勺已锈出了洞
河坡上下来的脚步
像几只空空的水桶，磕磕碰碰

寂寞时，咕咚一声
再寂寞时，再咕咚一声

阳光里晒出盐
月光下渗出碱
这些，都是带给黄河的礼物

忽然，鸟盘旋，草喧嚣
大雪来临前，一条小小的河流
加紧了脚步

大峡谷

是山走进了黄河
还是黄河走进了山
苍茫还在朝这边奔涌
时间还在往河里倾泻

一支旷世的毛笔
沿着峡谷写下闪电
巨大的水声
也是巨大的寂静

宽阔是水的宽阔
狭窄是水的狭窄
远看那么浑浊
捧起却如此清冽

石头的种子
在河滩上结满果实

九月的苔衣
做好了御寒的准备

白天的路长
夜里的路更长
打着灯笼的红枣树
给途经的浪花照亮

野麻滩的黄河

沙河流入黄河
还在沙滩上奔跑的石头
像一群渴极了的羊
大的那几块，像牛

对岸的山上
是来自远古的巨石
那些大象、狮子、虎豹、马群的巨石
它们的脚步
在一片小花前停住

黄河依然不慌不忙地流着
流过那段红层地貌时
我把那里看成是石头里渗出的血
或者是晚霞
或者是彩虹

站在波涛起伏的野麻中间

我看见一条铁皮船

正在黄河里打捞落日

去天水

1

车过定西，已是深夜
月亮像一枚巨大的铜钱
买下了一片山坡
只有山梁上的一排老树
依然黑着
像一支跋涉的队伍
疲惫、坚强
看他们弯腰的方向
是和我们同去一个地方
但我们的车
很快把他们甩到了身后
就像甩在过去的某个年代

2

在通渭
我看见山头上的烽火台
像一个穿破棉袄的放羊老汉
默默地蹴在那里
吃光了青草的风雪，正围在他的膝下
唤着一把干草

我也看见了山下的土堡
如果把风雪赶下坡去
就可以把它们圈到那里
里面被叫做老爷、太太、小姐、少爷的人们
现在已不知去向

当我看见牛家坡这个地名时
就把头伸向窗外
多看了几眼这个和我同姓的地方

3

只记得那天从峡谷里出来时
我们踏着积雪
峡谷上空的一颗星亮亮地看着我们

只记得那天我们在甘谷的大象山下
看见从村里出来送丧的人们
远远地朝着山的方向走来

只记得那天很冷
我们三个外地人在山上的小屋里
暖了一阵

4

走进大地湾，一只蜜蜂
就把我带向一间古老的屋子
像热情的主人
它告诉我，陶罐里装着油菜籽
春天就会闻到花香

据说来过大地湾的每一个人
都可以领到一块陶片
我手里的这块
上面写着一个人的姓氏

或许是个什么节日
山坡上起起落落的黑色鸟群
嘴上都叼着从大地湾的火塘里
刨出的火种

它们将成为万家灯火的一部分

5

已是傍晚
不知从哪里来的这么多燕子
绕着天水的伏羲大殿
画着速写
坐在农家上房里的一位老人
正在熬着罐罐茶
面前放着苹果
他有着儿孙绕膝的幸福
和安详的日子
广场上舞蹈的人们
脚步间是渭河流淌的水声

关山深处

1

在圪垯川遗址
一只小小的黑甲虫
从这个坑道跑到另一个坑道
那么急切
有时还磕磕绊绊
它是想看看丢失了什么东西
还是去报告什么消息呢
关山深处
我听见了一只虫子的惊叫

2

街亭的草
知道这里的险要不
街亭的花
是否听说有人在这里犯过大错

躲在树丛中的那块老石头
我怀疑它有篡改历史的嫌疑

3

遇见一个彩陶收集者
他身上有陶的气息
他说，孤儿
和那些走失的亲人
都找到了他
他和每一件彩陶都有辈分

4

都几千年了，草还是草
风还是风
白云的碎片下
马的鬃毛迎风飞扬
我看着一匹马时
马也看着我
我当然不是那个牧马的秦非子
我只是路过这里
看看这片古老的草场

5

月光下，寂静大过关山

秋风过处，森林和零散的树木
一样孤独
星光扑面而来
那是山下的万家灯火
想起经过那里的一所学校
就想有孩子的地方
一定有神
就像有山的地方就有月光
有月光的地方就有苍茫

安口镇

怀抱瓷器的人们，早已涉过清亮的汭河
逶迤的驼队，也消失在关山以远

窑火熄灭，野草蓬勃
它们要守护好这里的每一块瓷片

三几只蝴蝶，翅膀上闪着瓷的花色
三几声鸟鸣，仿佛瓷器碰响了瓷器

阳光如此，想月光也应如此
它们用瓷的光芒，照亮安静的陶土

仔细端详，从这里出土的一个瓷碗上
我找到了一个人的指纹

仰望贺兰山

火烧云，烧一阵就灭了
天终究是要蓝的
但傍晚之后的天
蓝的和先前不一样了
像一片铁
被火烧过和没有烧过是不一样的
像贺兰山
有没有那段历史是不一样的
像一个人
经历和没经历过事情也是不一样的
像这个地方
有没有黄河经过是不一样的

河套来的朋友

站在河套平原
总有哗啦啦的感觉
她这样说时
做着哗啦啦的手势
哗啦啦
是什么在哗啦啦呢
每想起河套平原
我就想起她
就想哗啦啦的感觉

春日山中

花开的轰鸣，响彻群山
油菜花
有着黄金的音色

在放牧季节的峡谷
流水告诉我
石头大了要绕着走

一只苍鹭
让春天拐了一个弯

造一个梦境需要这么久吗
我这样问过一条河

高于海拔的夜色
如此干净

夜宿山中

这春天的旅馆

直到鸡鸣三遍

像酒过三巡

山中札记

云和雾是一回事
炊烟和白发
是另一回事

河就在脚边流着
鸟和鱼
是彼此的影子

有些树
只适合在这里生长
它们是树中的另类

那么多药材
和杂草长在一起
但山里人一眼就能认出来

野猪和狗熊认识你

鹰也认识你
当然，你也认识它们

雷声响起时
势如滚石
奔向山下的河流

闪电
是村口的一条条绳子
一阵阵大风被绊倒在地

有人去了林子深处
全村人打着手电找了一夜
回来时满身都是露水

有人去追赶起飞的蜂群
迷失在一场雾里
直到看见林业站的灯光

河边的那家人
把一片苞谷种成了一片山林
蜜蜂告诉你，苞谷也会开花

另一家种花椒，花椒树上有刺

有人摘花椒时
手上被扎出了血粒子

几个小学生涉河而来
把书包顶在头上
顶着各自巨大的花朵

桥梁正在建设中
那些戴着红头盔的人们
听见河水唱着童谣

明天村里有人结婚
已经搭起了彩虹门
当院摆着一缸蜂蜜

想起远方的朋友
就发一条朋友圈
你的额头上落着一只蜜蜂

有些花，你还叫不上名字
但你一再叮咛它们
要在风中保护好花粉

有人来这里看你

说阳光都是蜂蜜的颜色
你也是一只蜜蜂

去河边坐坐
就想想上游和下游的事情
陪陪孤独的夕阳

站在村子的高处
就数一数渐次亮起的灯火
想想灯火中的身影

想起忽然的风雨中
一只鸟儿落在你的窗台上
直到雨过天晴

停电的晚上
你点着蜡烛写下一句诗
此刻，灯光高于一切

偶尔也会失眠
萤火虫在床边闪烁
仿佛星空

春天，花一直开到山顶

秋天，落叶飘满河面

空气，总是甜的

在河之南

1

阳光平铺直叙
绿色也平铺直叙
正如中原大地的日常幸福
正午时分，一列高铁穿过郑州
悄无声息
坐在高铁上的那人
忽然想起黄河也经过这里
眼前就汹涌澎湃

2

那时，天空奔涌着大河
大地是万古的河床
广武山顶的一座高碑
是新竖的桅杆
一条大船上满载着风云

和鸿沟一带的旧事
我不知道只顾赶路的黄河
还记得多少

3

夜深如梦，月光如草
当风吹过河南的一片高粱地
就从头顶红缨的方阵里
吹出铠甲之声
有人抬头，数了数北斗七星
第八颗是唐
第九颗是宋

4

沿着河走，就会遇见佛
不是人把石头凿成了佛
而是佛从石头里走了出来
但有些佛龛是空的
佛可能去了山下的人间
草就替佛站在那里
我看见有人经过，拜了拜
那些庄严的草

5

龙门石窟是佛的一个驿站
一条河带着人来，也带着人去
大佛对我好，小佛也对我好
佛说，牡丹是四月的事
此刻听听树上的蝉鸣也好
再过一会儿
河面上就会吹来今秋的风

6

黄河漫过的土地
有着金碧辉煌的黄
古都的灯光
一直在泥土的深处亮着
大堤上整齐排列的梧桐树
像是出来巡逻的侍卫
我向他们打听过黄河的泥沙
和朝廷的消息

7

遇见几个大唐的诗人
衣衫都被秋雨打湿
在他们写过诗的地方

我看见的塑像

比实际的他们高大了许多

为解读他们的诗歌

我们仿造了一座大唐的高城

只是我一直都不敢说我也是诗人

8

一条问道而来的河流

它就是道

当它拐过最后一道湾

就离大海不远了

但有一个人

却从大海去了源头

黄河路

在东营
沿着黄河路走，就会遇见红海滩
那红下面是丹顶鹤吗

远处，鸿雁或者灰雁
用翅膀拍打着黄蓝分界线
我看得出它们的喜悦

其实，黄河并不知道低处是大海
大海是它遇见的另一片土地

黄河志

当年的冰雪少年，背着身世
仗剑远游
多少次梦里惊醒，白发披肩
经过我的书桌时
也拐了一个弯
我曾看见他回到了故乡
告诉人们他走过的路

第四辑

上游的村庄

明亮的村庄

所有的事物都亮出本色
所有的光都来自土地的收藏
黑暗一直在最低处

作为种子，作为果实
也作为农具
有些人早已暴露在了那里

即使没有日月，那里也会亮着
当一条河流从那里出来
一路歌唱着光

大地之上

多么古老
万物里住着神
满天下都是草木
人们站着耕种
跪着收获
但他们都是些义薄云天的人
爱就拿命来
恨也拿命来
我从他们中间跑了出来

在路上

1

以为离天近了，其实天还很远
以为苍茫在远处，其实已在苍茫中

什么时间
什么方向

头顶的白日是一个罗盘
每一条路，都是地平线

2

可以遇见一群羊，默默地移动
留下纵横交错的羊道
像一张网

可以飞过一只锦鸡，羽毛那么艳丽

在这高原冬日的山色里
像一个惊喜

可以跑过一只兔子，一直跑出人的视线
但肯定还在山上
像一个暗示

可以有一只鹰，带着高处的风
但它一定看见了山下的那条河
像一缕白云

可以撞上一匹狼，像传说中的那样
但在狼的眼里
一个人就是一棵走动的树

3

起风了，鸟斜着翅膀
土变成了云

有些花在风中怒放
有些花在风中凋谢

风中的日月，该明亮时明亮
不明亮时就一定有什么事情

那天，你看见有人举着一顶草帽

把一场大风收进了帽子

黄河以西

1

风，先是吹到了一片叶子
然后是一棵小草
接着是另一棵
这是在黄河以西
一个风吹草动的下午

2

远远看去，有一间屋子
让我的眼睛亮了
可以去那里歇歇脚
讨杯水喝吗
但接近了屋子
才看清是一棵大树
站在沙漠边上

3

这么远了，风还在吹
翻过来，又翻过去
反复查看每一片树叶上
秋天的成色
直到把每一棵胡杨树
都吹成一座金塔

4

七月，浩浩荡荡的花事
才渡过河来
风，吹着花香
也顺便吹了吹青稞

油菜花上飞起的一只蜜蜂
是风吹走的一粒花籽
一个放蜂人手里举着蜂蜜
在风中站了好久

黄土大地

1

四周趴着群山
山上披满高原的庄稼
寂静中
从那里出来的一条小路
一直通向山外
几棵树，站在路边等我

2

有人一直在那里挖井
在一朵云下
坚信村子就在河流之上

风把阳光拧成绳索
云从头顶吊下水桶
天空把每个人都看成了一口井

土越堆越高
井越挖越深
直到脊背上刮着风雪

我也在他们中间
我们一直在一条河上挖井

3

有些风一直留在岭上
有些云还在林子里徘徊
秋天沿着古老的大道
一路开了过来
路边的左公柳告诉我
雨雪年年都来，年年秋都凉
只是今年的秋天
似乎比去年暖和

4

为了赶最早的春天
秋天就播下种子
有人刨开积雪
看见麦苗依然绿着
当我从那里经过

麦子正演习着又一个春天
我认得那些种冬麦的人

5

大风起时
树忽然弯腰致敬
向着一个人的背影
树知道土地给人力气
人就在土地上劳作
作为土地派来的监工
树记下人们的赞美和抱怨
以及祈求

6

这是那年冬天的最后一天
两个人在旷野上摔跤
摔了好几个回合
摔倒在地上，还在摔
后来，他们就爬起来走了
朝着相反的方向
我只觉得那两个人面熟
却想不起来是谁

7

被雪过滤的空气里
忽然响了几声爆竹
几个人在路口上跪下
给一团火磕头
当他们站起身时
火却给他们磕头
已是傍晚，他们的身影
开始模糊

8

请一盏灯笼，作树的果实
或者门口的花朵
或者路边的一句话

作为打开黑暗的密码
也是风的一把锁

给灯笼许过的愿
都会被一一照亮

9

节日的晚上

人们从四面八方的黑暗中涌来
一片灯光
是一个巨大的三角形
所有的欢乐
都从一个锐角铺向幽远的天空
那时，地上刮着冷风
天上飘着雪花
当我远远看见这样的景象时
忽然就想到了明亮的犁铧
和春天的原野

10

二月，雪已完成了移交
土地转过身来
天边有了响动

这时候，有些东西
就要运送到田里
其中包括鞭子和吆喝

风一会儿解开扣子
一会儿又裹紧衣服
鸟向着大地俯冲

河边已腾起热气
人们满怀温暖
交出各自的种子

11

刚忙完了一件大事
一个人坐在地埂上喝水
先举起水瓶
往土里倒了一下
那时，周围飞着绿色的翅膀
风弹着四月的曲子
所有的农具都闪闪发光
接下来他就要去忙别的事了
小草上闪着泪光

12

别惊扰这些小灯笼们的摇曳
荞花的甜蜜已发出光芒
刚刚飞走的那几盏，又飞了回来
带着秋天的好时光
如果天色暗下来，就问问荞花
能否提一盏回家

13

我每次回到这里都遇上风天
但看见风中依然亮着灯盏
那些被风吹到这里
然后又被风吹走的人们
风把他们的表情吹到了我的脸上
想起我在这里的不安分
和亲人们的一再宽容和忍耐
就看见草趴在地上
怀里抱着我的胞衣
这里已没有人认识我
但他们都生活在我的故乡

14

丰收有多远啊
那么多人，一生都走在
赶往丰收的路上
从生活的阴面
赶往洒满阳光的麦田
带着遗传的梦想
和自身的力气
有人已消失在路的尽头
有人又一次出发

一路上的故事里
只有贫穷
他们是些被称做农民的人
是我山里的亲人
直到有人告诉他们
丰收已经从春天开始

15

山中望月
天上的耳朵，听见我说什么了吗
有些话，我只是在心里想想

天地之间
只听见我的呼吸

村庄史记

山坡上暗了一会儿，然后又亮了
一朵云经过这里
但除了作为云，没有别的意义

一定下过雨，一定刮过风
也一定落过雪
是谁带走了山林和大海
闪电，挖着一条河

水留下的一条条伤口里
只有风，以水的姿势
流着
草，是一层绿锈

那时，风只追着灯盏吹
雪，只往人的胸口下
河流在拐弯的地方，说了句什么

为了欢迎你的到来
土地答应生长，并献出果实
但土不能吃
有人曾经试过

生长男人，也生长女人的土地
埋着男人，也埋着女人

每年都有十二匹跑马送来十二封书信
但每一个人却只有一条路

那个在山崖下挥着镢头的人
想挖出温暖
洞口堆起的新鲜黄土，仿佛麦垛

旋风遍地时
风要在地里钻出水来
有人戴着狗皮帽子，在村口徘徊

那年雨水好
被风吹倒在地里的一切
秋天都站了起来
所有的树，都弯着腰

手里握着镰刀

天已蓝到深蓝，淹没雷声
草已绿到深绿，里面藏着秋风
阳光含着镔铁，阻挡风霜
秋天是一件大事

当人们正忙着打碾口粮
对即将到来的冬天，充满恐惧
雪不知道自己会那么冷

一个人面对雪野
眼前一片黑暗
过了一阵，就像穿过雪的隧道

山的背阴处，灯盏奔跑
白云拂过脸庞
一只手揩了揩冻伤的土豆

当人们跪在春天的风里
布谷就在路边的树上一再劝大家
不哭，不哭

草知道习俗，花懂得禁忌

有些事发生了
有些事还没有发生

那年土地燃烧，草逃向河边
当神出现的时候
人们并未认出他来

把一条河挑在肩上的人
河就从他的脖子上流了下来
一直流到脚下的土地

传说中的一座土堡，被云的石头压塌
里面埋着农具、灯盏
和女人的花线

忽然的狗叫仿佛来自月亮
狐狸，总在夜晚出没

那年，一只疲惫的老虎，躲在山洞里
外边人声鼎沸，柴草起火
人们听见了老虎的咳嗽

当树长成神仙的模样
野兽的足迹里长出花朵

男人，是一扇门板
女人，是一个针线笸箩

有一支队伍曾从山梁上走过
背影像扛着犁和锄头
后来，有人从土里拣起弹壳
吹出马的嘶鸣

对着土地说出一个密码
一个婴儿出生，有人叫他父亲

传说是另一片庄稼
神仙是村里的另一些人
而恩仇是一些旧农具

祖上留下村庄，他们就是一片土地
在那里种些什么
我们每年都会想想

杏儿岔志

天是青天，总是那么高
地是黄土地，一直那么厚
雨不多，雪不多
但阳光多，风多
一年四季，每年都二十四个节气

十几样草，十几种树
都耐旱易活
七八样庄稼，年年都种
年年都收
除了马牛羊鸡猪狗、毛驴和骡子
还有麻雀喜鹊、乌鸦和鹰
野兽也有，但大多在夜里出没
一条河从山凹里出来
出门就遇上庄稼

几十户人家八九个姓

都沾亲带故
婚丧嫁娶，生儿育女
土地多多少少
上有老下有小，前有路后有辙
男左女右
有村长，有教书先生，有泥瓦匠
有乡土医生，有风水先生
他们都是人物

窗户叫窗眼，炕洞叫炕眼，灶口叫灶眼
流水的地方叫水眼
一口水窖叫一眼窖
一孔窑洞叫一眼窑
好多眼看着人

天叫老天爷
地叫土地爷
叫一声爷
所有人都有子子孙孙

种地是大事，吃饭是大事
盖房子是大事，娶老婆是大事
生孩子是大事
给孩子娶老婆是大事

把老人埋到土里是大事
上一辈子是这些大事
下一辈子还是这些大事
为了这些大事
活着就是更大的大事

向人借种子是丢人的事
一碗油换不来一碗水是丢人的事
鸡飞蛋打是丢人的事
伤天害理是丢人的事
被人指脊梁骨是丢人的事
谁不怕丢人谁就是最丢人的人

村志上记载，第一个来这里的人
只带着双手和一张口
后来又来了一个
说人人都要缴皇粮
再来一个，说改天换地了
但地里依然种庄稼
还有人来到这里
带来针和花线
带来凿子、石头眼镜、纸和铅笔
带来皮影、唢呐、爆竹和年画
其中一个说，他会算命

他们带走了一些羊皮
一些粮食
一些男人剃下的头发和女人剪下的辫子
再之后，有人带来化肥和新的种子
带来建筑材料和工匠
带来一个叫做乡愁的词
有几个背井离乡的人
后来去找过他们

唯一的古迹是河边的土地庙
过年时闹社火
有人从地里拣到古币
就穿了红线挂在孩子的脖子上
老屋里有母亲用过的木板箱
隐约可见牡丹和喜鹊
曾经的油灯、石磨、背篼、犁头、碌碡
以及旧收音机、旧缝纫机、旧自行车、旧电视机
旧锅碗瓢盆
现在都摆在乡村博物馆里

那些古老的树和被日子熏黑的老宅子
正与新建的水泥砖房，隔着时光
相互凝望

我给这里写过好多诗歌

但很少有人知道

他们只关心生活

看见一个人

在与风摔跤的庄稼中，我看见一个人
在天空晃荡着太阳的旷野上，我看见一个人
在荒草扑向云边的山路上，我看见一个人
在灯光瞅着碗底的屋子里，我看见一个人

我看见一个人，用一根针挑亮每一颗星星
我看见一个人，从一个瓦罐里倒出河流和种子
我看见一个人，把漫天的风雪背到一口锅里
我看见一个人，用锄头临摹闪电写下的文字

我看见一个人，站在山头上指点风雨
我看见一个人，蹲在我的诗里，帮我拔掉杂草

感恩筷子

用一根筷子，蘸一滴清油
一个秋天
就开满蓝幽幽的胡麻花
那喜悦，就值得怀念

也可以在一杯水里
搅一撮白糖
因为那淡淡的甜
有些苦，就值得留恋

也可以搅一碗盐水
让最需要的人先喝
再没有滋味的日子
有盐，就值得过下去

我曾见过
有人把一根筷子钉在门口

像一根钉子
更像路标

我也曾见过
有人把三根筷子竖在一碗水里
人对筷子说过的话
不知筷子是否都懂

当然，平常的日子里
筷子只奔向食物
就像我们这些最普通的人
一根筷子就是一个人
两根就是夫妻
一把就是一个家

苜蓿帖

一滴露水
刚好让蚂蚁全身渗透
在蚂蚁看来，苜蓿也是树

一直用叶子反光
直到一场大雪
收藏了阳光的碎片
那时，苜蓿的热量
传遍一个村子

被镰刀砍过
但第二年又发新芽
苜蓿的下辈子，还是苜蓿

那个背着苜蓿回家的人
苜蓿对他说，它认识回家的路
有一年，它把一个人背到了地里

有人在城里给苜蓿写诗

他写下：孤独并不是出类拔萃

他是一个吃过很多苜蓿的人

他姓牛

旧梦集

月光推门而入
风找出深草中的石头
一个时间的潜伏者

冬夜推磨的声音
来自村庄深处
有人从轰轰隆隆的黑里
推出一场大雪

那么黑了
有人还坐在地埂上说话
咳嗽了一声
才看清是多年前的自己

据说你刚刚来过
但每一条路上都没有你
等你下辈子来时

可还认得我

照片上微笑的亲人
忽然流露出关切的目光
有些梦，真不该做

当古老的屋子
成为传说中的一只大鸟
风再大点
它就会飞起来

社火出现在泥泞的旷野
人们都戴着面具
但无非是十二生肖

天空挥着闪电的鞭子
在村里找人的时候
我没有去帮着指认

梦里的狂奔者
身后像跟着一把锄头
当他遇见一条大河
身上就长出鸟的羽毛

经过村庄

小时候，跟着母亲过村庄
每次都遇见狗
狗伤人的事，听得多了
胆小的我们，怕狗
怕狂吠猛扑的狗
怕不声不响的狗
怕一条、两条、三条
全村的狗
那时候村里狗多
每一条都很凶
可我们只是想经过村庄
狗怎么就不让呢
每一次
母亲都一只手挥着棍子
一只手护着我
经过一个村庄
又经过一个村庄

那时我们去看姥姥
身上背着水和干粮
去时这样
回来时也是这样
可多年后
当我再次经过村庄时
母亲却不在身旁

怀念一辆自行车

一辆自行车
从山腰里出来
一溜烟
是我那时最爱用的形容词

迎着田野的风
前轮是太阳，后轮是月亮
辐条上闪着星光

那是在山村小学
年轻的老师
有一辆铮亮的自行车
孩子们都以为
我来自城里

但每一次回来
我都要把它从山脚一直推到山腰
或者山顶

弓着腰时
听见自己的体内有一台马达
在轰鸣

当然，遇到河
我就把它扛在肩上
哗哗啦啦岁月一样的流水声中
高高的车把
像牛的两只犄角

至于有一次
我把它扔到路边的庄稼地里
独自回家
直到第二天才把它骑走
是因为路太陡
夜太黑
即使咬着牙
我也推不动它了

后来，在县城的街道边
我把它弄丢了
从此，它就在我的乡村记忆里
有了斑斑锈迹

修复一个梦

一直都在坍塌
这么多年的残垣断壁
先从哪里动手修复

他知道天空的同情
和时间的轻蔑
但这是在家园

请幽灵回到树里
请梦幻回到花朵
允许杂草逃遁
墙重新站起
让砖瓦和椽檩回到各自的位置

把大门安上
把窗户打开
给天空装上蓝玻璃

修复好灶膛，修复好炊烟
修复好锅碗瓢盆
和水缸

然后在山野里捡一些石头
围一处栅栏
修复好花园和每一只蜜蜂

黑暗的时候，请四山的兽们
眼里亮起灯火
请门前屋后的庄稼
举起各自的火把

修复好羊圈、驴圈、鸡圈
牵一条狗
数一数晃动的身影

修复好锣鼓和唢呐
修复好一场风雪
修复好一段彩虹
以及每一个场景

修复好每一双受伤的翅膀
修复好每一颗破碎的星星
修复好每一件损坏的农具

修复好死亡
修复好出生
修复好一个人的一生
直到一个孩子

有些爱需要修复
有些恨也需要修复

如果在瓦砾下捡到一封书信
或者看到几枚铜铁
也要修复

修复好每一个称谓
包括微笑和眼泪
包括劳作的情形
其间还得腾出手来
修复好神

修复好河流
修复好土地
修复好每一条道路
让当年从梦里出走的那个人
回来

寻找

叫醒每一盏灯
喊出所有的灯笼火把
去找那个把自己弄丢了的人

去找吧，每个人都有光
一定会在某一个地方亮着

一些人在这里呼唤
另一些人，在另一个地方呼唤
狗，在门口狂吠

麦场边的草垛背后
一只警惕的黑猫
被吓了一跳
风吹草垛，吹出更黑的黑

靠崖的窑洞里

一阵翅膀的扑腾声之后
又安静了下来

几个人从驴圈里出来
听见毛驴用蹄子敲着土地
脚也就在地上跺了跺
然后跟着灯笼去了别处

有人端着油灯下到洋芋窖里
每一颗洋芋都露出惊诧的面孔
后来，洋芋就把灯盏吹灭了

忽然谁在路边擦了一根火柴
村子陷入片刻的寂静
接着脚步又乱了起来

几个人跑到树下
看见每一片树叶都在摆手
然后，又趴到水窖上
用手电在水面上晃了晃

从悬崖下回来的人，又去了庙里
从他家的祖坟上回来的人
又去了坍塌的土堡和村里的戏台

村里亮着的灯，又熄灭了几盏
月亮就要出来了
但人们的希望还没有出现

人们已经想起了他的身世
想起了他在村里的好和不好
他享过的福、受过的苦
可是，他凭什么把自己弄丢呢

那时，没有人知道
他是去了村外的河边
他只想和一条河流好好坐上一夜

葬礼

给这位老人点亮烛光吧
并请烛光开路

请把他的影子卷起来
放在他的身边
这是他唯一的行李

此刻，一块巨大的磁铁
把散落在各处的铁屑找了出来
所有活着的亲人
都是他的灯

他所有的时光
都是一把柴火
灰烬，落满家谱

作为一段黑色的文字

极其简略
枝繁叶茂的家族里
他是一根折断的树枝

他的一生
只是守好这里的故事和传说
等着所有从庄窠里走出去的人
一一回来

这里将不再升起他的烟火
请大家吃好喝好
也可以高声喧哗

给他写的祭文，要文白相间
念的人要抑扬顿挫
仿佛古人
最好用土话念，声情并茂
当然，文章一念完就会被烧了
烧了，就什么都没有了

酒三盅，茶三盏
火一堆，人一行
吆喝一声
唢呐便开始大声地哭喊

但天空和土地
都没有表情

火在他的坟头前欢腾着
直到累了，熄灭了
村里人拍了拍身上的土，说一声好了
就往回走

好了
一个死在低处的人
被大家抬到高处
埋了

好了，又一片土地上
有了标记

好了，天光大亮
像无边的白火

时光曲

时光那么漫长
无意义中就有了意义
岁月曾经贫穷
我知道失去了什么

用人类创造神的方法
故乡创造了亲人
风送来节气的消息
祖先的白骨改善了土地

古老的生活中
总有人记得头顶的星空
我以为有一种爱
永远取之不尽

早年划在土墙上的符号
可以看成是岩画

白杨树身上的眼睛
已不是最初的伤口

那个用手指在雪地上写诗的人
写下春天的脚步
一粒麦子就是一座粮仓
一棵小草可以放一群牛羊

怀念谁，看看山就行了
或者看看他的后人
人们看见我带着爱情
说我命好

大地赋

梦见一条河流，像傍晚的地平线
从那里回来的人，带着疲惫
和河边的几块石头
作为一种回报
几次想从石头里敲出水来

躲在土里的人，鹰到处找他
在月光下赶路，路上遇见狐狸
有人从天上看出些什么
老天大吃一惊
人间的智者，命如油灯

云卷乱星，草掩羊群
其实世间，并非只有人世

黑夜，庇护万物
白天，运送时间

此际，秋入山河，小草顶天立地

当雪埋住干草，火就在草里叫唤
风在路上，和一个人说话
说你是亲人，也是陌生人
说草把自己的水，端给了一棵树
说你的荣光，大家知道

那些散落在土里的时光
为所有的白天和黑夜指路
它们是草木奔赴的居所
也是人间的路标

秋风吹过，天光大亮
经过黑夜，大地依然安好
在父辈的土地上，我种出了庄稼
天地为之欢腾